Das Geheimnis der Villa am Stadtrand

Band 2 der Reihe
Handtaschen-Geschichten

Elli Joy

Das Geheimnis der Villa am Stadtrand

Band 2 der Reihe
Handtaschen-Geschichten

Bibliografische Information der Deutschen Nationalbibliothek:

Die Deutsche Nationalbibliothek verzeichnet diese Publikation in der Deutschen Nationalbibliografie; detaillierte bibliografische Daten sind im Internet über http://dnb.dnb.de abrufbar.

Copyright: © 2017 **Elli Joy, www.ellijoy.com**

3. Auflage 2017

Cover-Foto: **Nathan Walker, Unsplash.com**
Logobild: **FRACTAL, shutterstock.com**

Herstellung und Verlag:
BoD – Books on Demand, Norderstedt

ISBN: 9783743138872

Inhalt

1. ...7
2. ...13
3. ...20
4. ...23
5. ...28
6. ...32
7. ...35
8. ...39
9. ...43
10. ...48
11. ...51
12. ...55
13. ...61
14. ...71
15. ...80
16. ...84
Buchempfehlung...89

1

„Tut uns leid. Wir haben leider nur noch eine Weihnachtsfrau für Sie. Die Weihnachtsmänner sind alle ausgebucht."

Marc, der Butler des Fabrikanten Albert von Schnickschnack und seiner Familie, bekam einen Schreck. Warum hatte er es auch vergessen, bei der Weihnachtsmann-Agentur anzurufen? Jetzt gab es nur noch eine Weihnachtsfrau. Wie sollte er das Herrn von Schnickschnack nur beibringen? Sie hatten schließlich bisher immer einen Weihnachtsmann für ihre Kinder Lena und Lars gehabt.

Der Besuch des Weihnachtsmanns in der alten Villa am Stadtrand von Hellenfeld war immer das Ereignis an Heiligabend. Bei der Familie von Schnickschnack wurde das seit Generationen so richtig zelebriert. Jeder in der Familie war gespannt darauf, welche Geschenke es gab. Wer bekam dieses Mal den Preis für das teuerste und wertvollste

Geschenk? Und überhaupt, was war der Preis?

Ja, während andere Familien an Weihnachten in die Kirche zum Krippenspiel und zur Christmette gingen, kam das für Familie von Schnickschnack nicht infrage. Albert, der Vater der Kinder und Familienoberhaupt der Familie, hielt das für völlig überflüssig. „Da sitzt man nur dumm rum und wenn man Pech hat, dann schläft man ein, weil die Predigt so langweilig ist", war sein Kommentar, wenn seine Frau Melanie vorschlug, statt der Geschenkeschlacht doch mal etwas Besinnliches zu machen.

Marc hielt den Hörer in der Hand und war wie erstarrt. Was sollte er nur tun? Sollte er vielleicht selbst in die Rolle des Weihnachtsmanns schlüpfen? Aber, dann würde es auffallen, dass er nicht da war, um sich wie gewohnt darum zu kümmern, dass das Festmahl pünktlich serviert wurde. Jedes Jahr gab es zwei Weihnachtsgänse, feinstes Biofleisch vom Bauern am Stadtrand von Hellenfeld. Dazu wurden Kartoffelknödel und Rotkohl gereicht. Marc musste das Küchenpersonal beaufsichtigen, die festliche Tafel im großen Speiseraum decken und sich rechtzeitig darum kümmern, dass der Rotwein die richtige Temperatur hatte. Nein, er kam als Weihnachtsmann nicht infrage.

Er wusste nicht, wie lange er da schon mit dem Telefonhörer in der Hand gestanden hatte, als er Schritte hörte. Melanie von Schnickschnack kam gerade die Treppe herunter. Sie hatte sich schick gemacht, weil sie einen Vortrag besuchen wollte. „Und, haben Sie noch einen Weihnachtsmann buchen können?" „Leider nein", antwortete Marc. „Es gibt lediglich nur noch eine Weihnachtsfrau. Alle Weihnachtsmänner waren schon weg." „Ach, macht doch nichts, dann bestellen Sie doch die Weihnachtsfrau", antwortete Melanie von Schnickschnack. „Ja, aber Ihr Mann…", Marc wollte gerade noch etwas sagen, doch Melanie ging schnellen Schrittes zur Haustür und öffnete sie. „Später, Marc, jetzt habe ich es eilig." Dann schloss sie die Tür. Der Knall hallte noch eine Weile in dem großen Treppenhaus nach. Marc wählte die Nummer der Weihnachtsmann-Agentur und buchte die Weihnachtsfrau.

In diesem Moment betrat Albert von Schnickschnack das Haus. Er hörte gerade noch den letzten Satz, den Marc sprach: „Vielen Dank. Dann freuen wir uns eben am 24. Dezember auf eine Weihnachtsfrau."

„Was! Weihnachtsfrau! Das geht ja überhaupt nicht! Und wieso buchen Sie den Weihnachtsmann überhaupt erst jetzt?" Er schrie das förmlich. Immer, wenn etwas geschah, was ihm nicht gefiel, dann wurde er furchtbar wütend. Sein Gesicht lief rot an, und er musste nach Luft schnappen, so sehr regte er sich auf. „Wenn ich, der Fabrikant und adelige Albert von Schnickschnack einen Weihnachtsmann will, dann gibt es keine Weihnachtsfrau, dass das klar ist!" Er nahm das Telefon, wählte die Nummer der Weihnachtsmann-Agentur und brüllte in den Hörer. „Wenn Sie es nicht möglich machen, dass wir einen Weihnachtsmann bekommen", dann sorge ich dafür, dass Ihre Agentur Kunden verliert!" „Tut mir leid", sagte die Frau am anderen Ende. Vermutlich hielt sie den Hörer ein Stück weit weg vom Ohr. „Alle Weihnachtsmänner sind ausgebucht. Sie sind diesmal leider zu spät. Aber ich kann Sie auch auf die Warteliste setzen. Vielleicht sagt noch jemand ab."

Albert von Schnickschnack hörte gar nicht weiter zu, sondern knallte den Hörer aufs Telefon. Marc stand wie zur Salzsäule erstarrt daneben. „Sie sind gefeuert. Packen Sie Ihre Sachen. Einen unzuverlässigen Butler kann ich nicht gebrauchen!" Alberts Stimme überschlug sich förmlich.

Marc wurde ganz bleich und ging in die Küche, um seine Sachen zu packen. Dies würde wohl das traurigste Weihnachtsfest für ihn werden. Nicht nur, dass er auf der Straße stand, denn das Zimmer, welches er im Dienstbotentrakt in der Villa bewohnte, durfte er auch nur noch betreten, um seine

Sachen zu holen, sondern auch, weil er so plötzlich arbeitslos wurde. Und das nur, weil er vergessen hatte, rechtzeitig einen Weihnachtsmann zu buchen.

2

Melanie von Schnickschnack war gerade noch rechtzeitig zum Vortrag gekommen. Sie setzte sich auf einen der hinteren Plätze. Damit sie niemand als Frau von Schnickschnack erkannte, hatte sie eine blonde Perücke aufgesetzt. Außerdem trug sie eine Brille. Sonst brauchte sie keine Brille, aber hier wollte sie, dass niemand sie erkannte. Unter keinen Umständen durfte ihr Mann erfahren, dass sie in solche Vorträge ging.

„Ist Reichtum spirituell?" So hieß der Vortrag. Auf der Bühne im Rathaussaal stand ein gutaussehender Mann, namens Harald Schönau, mit dunklen Haaren in einem dunkelblauen Anzug, maßgeschneidert wahrscheinlich. Er mochte so Anfang 40 sein, vermutete Melanie.

Seine Stimme empfand sie als warm und angenehm. Sie spürte ein Kribbeln in ihrem Bauch, wenn er sprach. Doch noch mehr interessierte es sie, was er sagte. „Reichtum beginnt im Herzen. Es gibt mehrere Arten von Reichtum. Wichtig ist, wie Sie sich dabei fühlen. Man muss nicht unbedingt viel Geld haben, um erfüllt zu sein, also in der Fülle zu leben. Manch einer hat vielleicht nicht die großen Reichtümer in seinem Leben angehäuft, aber er ist innerlich vielleicht viel erfüllter als ein Milliardär, der unentwegt materielle Güter anhäuft, aber im Herzen eine Leere verspürt."

Ich habe das Gefühl, er kennt Albert, dachte Melanie in diesem Moment. Sie verspürte schon seit einiger Zeit diese Leere in ihrem Herzen. Dabei hatte sie alles, wovon andere nur träumen konnten: Eine Villa mit einem großen, parkähnlichen Grundstück, eine Segelyacht, Pferde, mehrere Autos, sowie zwei wertvolle Oldtimer. Das Dienstpersonal, las ihr jeden Wunsch von den Augen ab. Und natürlich nicht zu vergessen: Lena und Lars, die beiden Kinder. Ach, ja und Albert. Aber der kam in ihren Gedanken als Letzter in der Reihenfolge der Dinge, die sie in ihrem Leben geschenkt bekommen hatte, obwohl sie ihn mal sehr geliebt hatte.

Sie erinnerte sich noch gut an die erste Zeit mit Albert. Ihr Vater war plötzlich gestorben. Sie erbte eine erfolgreiche Schraubenfabrik und hatte gar keine Ahnung von dem Geschäft. Ihre Mutter war als Schriftstellerin ständig auf Reisen. Sie dachte gar nicht daran, dieses Leben gegen ein Büro in der Chefetage der Fabrik einzutauschen. Klar, sie hatte ihren Mann geliebt und sie brauchte auch ein halbes Jahr, um die Trauer darüber zu überwinden, dass er jetzt nicht mehr an ihrer Seite war. Doch dann stürzte sie sich wieder in ihre Arbeit. Sie schrieb einen neuen Roman und verarbeitete darin ihre Trauer über den viel zu früh verstorbenen Mann. Mit ihrem dritten Roman, der ein paar Monate zuvor erschienen war, ging sie auf eine Leserreise, die sie quer durch Europa führte.

Melanie hatte damals das Gefühl, dass sie nur noch weg wollte aus Hellenfeld. Sie war gerade mit ihrem BWL-Studium fertiggeworden und der Vater hatte im Testament bestimmt, dass sie die Schraubenfabrik führen sollte.

Albert war damals Leiter der Entwicklungsabteilung. Er hatte schon immer ein Talent dafür neue Trends lange vor anderen zu erspüren und Kundenwünsche für besondere Schrauben, Nägel und Dübel Wirklichkeit werden zu lassen. Ihm machte die Arbeit in der Fabrik Spaß. Da er aus einem eher ärmeren Adelshaus stammte, war er froh über den guten Job dort.

Albert half Melanie in den ersten Monaten ihrer Zeit in der Chefetage, sich in diesem Firmenimperium zurechtzufinden, welches schon von ihrem Großvater gegründet wurde. Als Mädchen hatte sie sich nie so richtig für die Schrauben, Nägel und Dübel begeistern können, die in der Fabrik hergestellt wurden. Sie hätte sich lieber eine Puppenfabrik gewünscht oder auch eine Spielzeugfabrik.

Natürlich war sie stolz darauf, dass ihr Papa ein so erfolgreicher Unternehmer war.

Doch damals konnte niemand ahnen, dass sie so schnell die Verantwortung für die Firma übernehmen musste. Ihr Vater war mit einem Freund in Österreich in den Bergen in Urlaub gewesen. Bergsteigen war sein großes Hobby. Doch an jenem Abend vor 20 Jahren wurde ihm dieses Hobby zum Verhängnis.

Während Melanie ihren Gedanken nachhing, sprach der Mann auf der Bühne weiter. Harald Schönau war Coach für ein erfülltes Leben. Melanie hatte ein Plakat für den Vortrag gesehen und wusste sofort, dass sie dorthin gehen wollte. Nun saß sie im alten Rathaussaal und lauschte den Erzählungen von Harald Schönau und reflektierte gleichzeitig über die innere Leere, die sie schon seit einiger Zeit verspürte, obwohl ihr Leben für viele sicher ein Traumleben gewesen wäre.

Plötzlich stellte Harald Schönau eine Frage, die Melanie aus ihren Gedanken hochschreckte: „Weißt du eigentlich, was dein Herz will?" Melanies Gedankenfluss stoppte sofort. Was hatte er da gesagt? „Weißt du eigentlich, was dein Herz will?" Nein, war das denn wichtig? War sie deshalb in letzter Zeit so unglücklich, weil sie sich das noch nie gefragt hatte? Melanie wusste es nicht, aber sie wollte darüber nachdenken, wenn sie wieder zuhause war.

Harald Schönau sprach weiter, doch Melanie beschäftigte sich innerlich immer noch mit der Frage, was ihr Herz denn wolle und was er mit „Herz" gemeint hatte.

„Wenn Sie eine Ausbildung zum Herzkommunikations-Coach machen möchten, dann können sie gerne einen Flyer mitnehmen." Harald Schönau holte einen Packen Flyer aus seiner Tasche und legte sie auf den Rand der Bühne, auf der er stand. Melanie kam wieder in die Gegenwart zurück, als sie bemerkte, dass der Vortrag zu Ende war.

Etwas geistesabwesend griff sie sich einen der Flyer, bevor sie sich nach dem Vortrag auf den Heimweg machte. Ja, es würde sie schon reizen, noch mal etwas ganz Neues auszuprobieren, wenn da nur nicht das Erbe ihrer Ahnen, diese Schraubenfabrik, wäre. Aber vielleicht könnte sie ja auch mal ein Coaching bei Harald Schönau buchen und überhaupt erst einmal herausfinden, was sie wirklich wollte, dachte sie, während sie in ihr Auto stieg und nach Hause fuhr.

Bisher hatte sie alles im Leben immer so genommen, wie es kam. Sie hatte sich keine großen Gedanken darüber gemacht, ob es zu ihr passte oder nicht, ob es ihr Traum war oder nicht. Oder ob ihr Herz ihr das auch gesagt hätte, wenn sie es gefragt hätte. Und überhaupt: Wie fragte man denn sein Herz?

3

„Marc, könntest du mal bitte…", Melanie war nach Hause gekommen und stand im Flur. Normalerweise öffnete Marc um diese Zeit immer die Tür. „Marc, wo bist du!" Melanie rief noch einmal, es kam jedoch keine Reaktion.

Dann hörte sie oben auf der Treppe Schritte. Es war Albert. „Ich komme!", rief er. „Marc ist nicht mehr da." „Was heißt, nicht mehr da?" „Na ja, ich hab ihn rausgeschmissen!" „Du hast was?" Melanie dachte, sie hätte sich verhört. „Ja, ich hab ihn rausgeschmissen. Wer nicht in der Lage ist, einen Weihnachtsmann für Heiligabend zu besorgen, der hat als Butler hier nichts zu suchen!" Albert bekräftigte seine Aussage noch dadurch, dass seine Stimme höher und lauter wurde. Ja, er schrie es fast. „Sag mal, spinnst du! Solche Dinge musst du mit mir besprechen. Mir gehört die Firma und mir gehört das Haus, falls ich dir das mal in Erinnerung rufen darf!", brüllte Melanie ebenfalls. „Ja, danke, dass du mich immer wieder daran erinnerst, dass ich nur ein kleiner, armer Angestellter war, der sich an die Chefin rangemacht hat!" Melanie hatte Albert an seinem wundesten Punkt getroffen. Wie gerne protzte er mit all dem Reichtum und tat immer so, als wenn er sich das alles schwer erarbeitet hätte.

„Meines Wissens hat er eine Weihnachtsfrau engagiert", sagte Melanie jetzt. „Weihnachtsfrau" Weihnachtsfrau! Das ist doch Kokolores. An Heiligabend gibt es nur einen richtigen Weihnachtsmann, sonst gar nichts!", brüllte Albert. „Nun werde mal nicht kindisch! Du machst das jetzt sofort rückgängig mit Marc, oder ich werfe **dich** aus dem Haus!"

Melanie nahm zwei Stufen auf einmal, als sie die Treppe hochging, in ihr Arbeitszimmer. Als sie dort angelangt war, dachte sie wieder an den Satz, den sie in dem Vortrag gehört hatte: Was möchte eigentlich dein Herz?"

Sie nahm den Flyer in die Hand und tippte die Internet-Adresse in ihr Smartphone. Als sie sich die Angebote auf der Internet-Seite durchlas, wurde ihr ganz warm ums Herz. „Ja, vielleicht ist es an der Zeit, endlich nach meinen Träumen zu forschen und diese Ausbildung zu machen", sagte sie zu sich selbst. Dann legte sie den Flyer in die oberste Schreibtischschublade und schloss ab. Sie wollte nicht, dass Albert den Flyer fand und sie für völlig durchgeknallt hielt.

4

Am nächsten Tag hatte Albert immer noch nicht bei Marc angerufen und ihm gesagt, dass er wieder zurückkommen kann. Da Marc normalerweise Lars und Lena zur Schule fuhr, musste Melanie das jetzt machen. „Wo ist Marc?", fragte Lena. „Ist er krank?" „Nein, dein Vater hat ihn gestern einfach rausgeschmissen!", antwortete Melanie. „Wie?" Jetzt war Lars auch wach. Im fiel es morgens immer schwer, früh aufzustehen, gerade jetzt vor Weihnachten war es morgens noch so lange dunkel. Da würde er am liebsten im Bett liegen und träumen.

Doch als er das jetzt hörte, war er richtig wach, denn er mochte Marc sehr. Marc war mehr als ein Butler. Er half ihm bei den Hausaufgaben und hatte immer ein offenes Ohr für ihn. „Aber, das geht doch nicht!", protestierte Lars. „Mama, du musst ihn zurückholen." „Albert muss sich bei ihm entschuldigen. Er muss ihn zurückholen, denn er hat ihn unfair behandelt. Sonst kommt

Marc wahrscheinlich nicht wieder. „Das ist doof. Ich will, dass er wiederkommt." „Ja, Lars, ich doch auch", antwortete Melanie. „Ich werde noch mal mit Albert reden."

Sie waren an der Schule angekommen, Zeit, für einige Stunden tschüss zu sagen. Gerade gongte es zur ersten Stunde. Lena und Lars mussten sich beeilen, damit sie noch rechtzeitig in die Klasse kamen, bevor Frau Bauer, ihre Klassenlehrerin da war.

Da Lars eine Klasse wiederholen musste, ging er jetzt in die gleiche Klasse wie Lena. Beide gingen sie in die 4. Klasse der Grundschule von Hellenfeld. Jetzt, kurz vor Weihnachten, freuten sie sich besonders auf die Schule, da Frau Bauer, ihre Klassenlehrerin, ihnen jeden Tag eine andere Geschichte erzählte. Jeden Tag gab es eine neue Geschichte aus dem Geschichten-Adventskalender. Heute war der 21.12. und es war ein Tag vor den Ferien. Lars und Lena waren schon sehr gespannt darauf, welche Geschichte Frau Bauer der Klasse diesmal erzählen würde. Sie schafften es gerade noch rechtzeitig auf ihre Plätze, bevor die Tür aufging und Frau Bauer den Klassenraum betrat.

„Guten Morgen." Heute lese ich euch zuerst eine Geschichte vor. Für die Ferien, die ja in zwei Tagen beginnen, gebe ich euch eine kleine Hausaufgabe…" Oh, ne." Die Klasse protestierte fast einstimmig. „Doch nicht in den Ferien!" „Ich denke, die Aufgabe wird euch Spaß machen." Frau Bauer lächelte verschmitzt. „Ihr sollt nämlich selbst eine Geschichte schreiben. Ende Januar machen wir dann aus euren Geschichten ein Buch, das gedruckt wird.

„Wow! Ein richtiges Buch?" Lars träumte schon seit zwei Jahren davon, ein echter Buchautor zu werden. Auch die anderen Kinder fanden die Idee mit dem Buch spannend. „Na, also! Ich wusste doch, dass euch gefällt, was ich vorhabe", sagte Frau Bauer. Dann öffnete sie ein Buch, das in Leder gebunden war. Dieses Buch schien schon ziemlich alt zu sein, denn das Leder sah abgegriffen aus. Es hatten wohl viele Leser ihre Spuren auf dem Buch hinterlassen.

Dann begann sie zu lesen…

„Die Legende von Hellenfeld"

„Vor vielen, vielen Jahren, als es noch sehr viele arme Menschen in Hellenfeld gab, und das Leben in Hellenfeld sehr schwer war, geschah etwas, das als *Wunder von Hellenfeld* in die Annalen der Stadtgeschichte einging. Es war kurz vor Weihnachten und viele Familien wussten nicht einmal, wie sie sich etwas zu essen beschaffen sollten, als der geheimnisvolle Mann erschien…"

An dieser Stelle klappte Frau Bauer das Buch abrupt zu. „Heute erzähle ich euch die Geschichte nicht zu Ende. Ich möchte euch genug Raum lassen, eure eigenen Geschichten zu erfinden, Geschichten, die auf diesem Anfang basieren.", sagte sie. „Mann. Jetzt wo es spannend wird, hören Sie auf." Lars war damit überhaupt nicht einverstanden. Zu gerne wüsste er jetzt schon, was das für ein Mann war. Doch Frau Bauer lächelte und sagte nichts mehr. Stattdessen schlug sie das Mathematikbuch auf. „Lars, komm doch bitte mal an die Tafel und erzähle, wie du die Textaufgabe gelöst hast, die ihr als Hausaufgabe hattet." Jetzt war Lars wieder voll da.

Der Schreck saß ihm in den Gliedern. Weil Marc am Abend zuvor nicht da gewesen war, um ihm bei den Hausaufgaben zu helfen, hatte er die Aufgabe nicht lösen können. Auch Lena hatte es nicht hinbekommen, obwohl sie das Mathegenie der Familie war.

„Äh, Frau Bauer, muss das sein?" Lars' Kopf wurde hochrot. „Ich habe die Hausaufgabe vergessen." Er fand es besser zu sagen, dass er die Hausaufgabe vergessen hatte, als zuzugeben, dass er das nicht konnte. Doch Frau Bauer holte ihn trotzdem an die Tafel: „Dann machen wir das jetzt alle gemeinsam und du schreibst die einzelnen Schritte auf." Da war die geheimnisvolle Geschichte von dem Mann aus einem fernen Jahrhundert erst einmal vergessen.

5

Albert hatte mehrere Stunden telefoniert, um noch irgendwoher einen Weihnachtsmann zu bekommen. Doch er hatte keine Chance. Bei welcher Weihnachtsmann-Agentur er auch anrief, überall gab es nur Weihnachtsfrauen. So sagte er widerwillig der Weihnachtsfrau zu, die Marc einen Tag zuvor schon recherchiert hatte.

Er ging zum Tresor in seinem Büro in der Schraubenfabrik. Dort hatte er die Geschenke für seine Familie versteckt. Seine Frau bekam diesmal eine Uhr, die mit Brillanten besetzt war. 60.000 Euro hatte diese Uhr gekostet. Die Brillanten glitzerten und funkelten im Sonnenlicht. Das Zifferblatt war aus einem Amethysten geformt und das Armband war natürlich echtes und hochwertiges Gold, selbstverständlich auch mit Brillanten verziert.

„Was für ein schönes Geschenk.", murmelte er verträumt. Er stellte sich vor, wie Melanie die Uhr an Heiligabend auspacken würde und wie sie sich freuen würde. Endlich konnte sie dann die alte Uhr verkaufen. Diese war zwar ein Erbstück von Melanies Mutter, aber in den Augen von Albert sah sie nicht mehr schön genug aus. Er verstand gar nicht, dass Melanie so sehr an dieser Uhr hing.

Ebenfalls in dem Tresor lag auch das Geld, dass er und Melanie Lena und Lars schenken würden. Jedes Jahr gab es zu Weihnachten für jeden 5000 Euro. Die Hälfte davon wanderte gleich in einen Aktienfonds, damit die Kinder später auch schon in jungen Jahren genug Geld hatten. Klar würden sie zum 18. Geburtstag jeder ein neues Auto und eine Eigentumswohnung bekommen. Aber sie sollten ja auch möglichst leicht durchs Studium kommen, ohne viel nebenher arbeiten zu müssen. Da war dieses Geld eine tolle Sache.

Außerdem gab es jedes Jahr noch Geschenke zum Auspacken für beide. Für Lars waren es ein neues Notebook, ein Tablet, ein Computerspiel und ein Fernseher, natürlich das neueste Modell, was es auf dem Markt gab. Lena bekam ein Smartphone und ebenfalls ein Notebook. Außerdem bekam sie noch „Pretty in New York". Eine Puppe, die zu der Zeit gerade der letzte Schrei war, selbstverständlich hatte sie Modelmaße und selbstverständlich gab es für sie einen Haufen Kleider und Zubehör. Das Tollste war aber – und das konnten sich nur wenige leisten – wenn man noch zusätzlich das Modell, das der Stadt New York mit ihren wichtigsten Plätzen nachempfunden war, zum Selberbauen kaufte. Das hatten Albert und Melanie natürlich getan. Albert freute sich jetzt schon auf das Gesicht von Lena. „Pretty in New York" stand auf ihrer Wunschliste ganz oben. All diese Geschenke standen in einem Raum im Souterrain der Fabrik, der abgeschlossen war.

Natürlich leistete Albert sich auch selbst etwas. Diesmal war es eine Herrenuhr, die genau so viel gekostet hatte, wie die Uhr für seine Frau. Ist das nicht großartig, wenn man sich so beschenken kann? Albert jubelte innerlich. Dann steckte er alles wieder in den Tresor und machte ihn zu.

„Jetzt aber an die Arbeit", ermunterte er sich selbst. Er musste noch ein paar Kündigungsschreiben rausschicken, weil er in der Fabrik weniger Arbeiter brauchte. „Wie gut, dass ich für die Fertigung diese Roboter angeschafft habe", sagte er zu sich selbst. Wir werden so viel Geld dadurch sparen. Klar hatte der Betriebsrat gemeckert. Doch Albert hatte den Betriebsräten zu verstehen gegeben, wenn sie da nicht mitmachen würden, dann würde er dafür sorgen, dass sie in Zukunft irgendwo im Keller des Unternehmens Akten sortieren und sichten konnten. Da schwiegen sie lieber und unterzeichneten alles, was Albert wollte.

6

Melanie schlug die Zeitung am Frühstückstisch auf und traute ihren Augen kaum: „Schraubenfabrik ersetzt Mitarbeiter durch Roboter" stand da gleich auf der zweiten Seite. „Was!" Albert hatte gar nicht mit ihr darüber gesprochen. Er traf seine Entscheidungen immer eigenmächtiger, obwohl sie eigentlich alles mit ihrer Unterschrift absegnen musste. War es damals falsch gewesen, ihn als Geschäftsführer einzusetzen? Melanie war froh gewesen, dass sie sich nicht um die Firma kümmern musste. Sie hatte gedacht, bei Albert wäre alles in guten Händen. Doch in letzter Zeit erschien ihr das nicht mehr so zu sein. Erst entließ er Marc und dann auch noch Mitarbeiter kurz vor Weihnachten.

Albert war schon aus dem Haus, er hatte einen Termin mit Kunden, wie er gesagt hatte. Melanie versuchte ihn auf dem Smartphone zu erreichen, doch da meldete sich nur die Mailbox. „Jetzt reicht es mir endgültig!" rief sie laut. Sie ging ins Arbeitszimmer oben im ersten Stock, öffnete die Schreibtischschublade ihres Schreibtisches, nahm den Flyer von Harald Schönau heraus und las ihn. „Ich rufe da jetzt an und lasse mich beraten", murmelte sie vor sich hin. Wieder hatte sie das Gefühl, als würde ihr Herz weit werden, wenn sie den Text auf dem Flyer las.

Sie nahm den Telefonhörer ab und wählte die Telefonnummer, die auf dem Flyer stand. „Harald Schönau", meldete sich eine angenehme, tiefe, warme Männerstimme. Melanies Herz begann schneller zu schlagen, als sie sagte: „Ich hätte gerne ein Coaching bei Ihnen. Wäre das noch vor Weihnachten möglich?" „Ja, gerade hat jemand abgesagt", antwortete Harald. Sie können heute einen Termin haben."

Melanie spürte, wie es in ihrem Bauch kribbelte. Sie fühlte sich plötzlich wieder wie eine 20-Jährige. Sie schluckte und wollte das Gefühl schnell unterdrücken, doch es gelang ihr nicht. Und eigentlich fand sie dieses Kribbeln angenehm. In Alberts Gegenwart hatte sie da schon lange nichts mehr gespürt. „Vielen Dank, das ist ja wunderbar. Ich bin heute um 16.00 Uhr bei Ihnen", sagte sie schnell und legte auf.

Fröhlich wippte sie in ihrem Bürostuhl hin- und her. Ob er wohl verheiratet war, schoss es ihr durch den Kopf. Sie schloss die Augen und träumte vor sich hin. Sie sah, wie sie mit Harald Schönau im Park spazierte und er seinen Arm um ihren Arm gelegt hatte. Ein Gefühl der Wärme durchfloss ihren Körper. Sie hatte das Gefühl, alle Zellen würden wieder erblühen. Ihr Herz wurde ganz weit. Tränen rollten ihr die Wangen hinunter. Manchmal wünschte sie sich, dass es wahr werden würde. Dann würde sie sich von Albert trennen und die Kinder mitnehmen. Doch halt, sie kannten Harald ja gar nicht. Schnell öffnete sie ihre Augen und holte ein Blatt Papier. Auf das Blatt Papier schrieb sie: "Was will mein Herz?" Dann begann Sie, einfach zu schreiben. Sie ließ die Worte auf das Papier fließen.

7

Als Albert zur Schraubenfabrik kam, sah er schon, dass etwas nicht stimmte. Mehrere Fabrikarbeiter hatten sich vor das Fabriktor gestellt und schauten ganz grimmig drein.

Sie hatten sich mit Mistgabeln bewaffnet und drohten ihm, als er jetzt auf das Gelände fahren wollte. „Das macht es auch nicht besser!", brüllte Albert. Ganz im Gegenteil. Wenn ihr mich nicht durchlasst, dann sorge ich dafür, dass ihr nirgendwo mehr einen Job bekommt. Die Arbeiter wichen keinen Zentimeter von dem Tor zurück. Sie standen wie eine Mauer.

Albert nahm sein Smartphone und wählte die Nummer der Polizei. „So, das habt ihr jetzt davon! Ich rufe die Polizei." „Das können Sie nicht machen", rief ein kleiner Mann. Es war Herbert. Er arbeitete schon seit 25 Jahren in der Schraubenfabrik als Schichtleiter. „Ich habe drei Kinder und eine Frau zu versorgen. Meine Frau ist krank und kann nicht arbeiten. Ich bin auf das Geld angewiesen.", rief er. „Da kann ich doch nichts für", entgegnete Albert. Es hatte ihn noch nie interessiert, wie es den Menschen ging, die Tag für Tag und Nacht für Nacht die Schrauben, Nägel und Dübel herstellten. Er war nur froh, dass er diese Arbeit nicht machen musste.

„Polizei Hellenfeld, meldete sich eine Frauenstimme aus dem Smartphone. „Wer ist da, bitte?" „Albert von Schnickschnack. Ich bitte Sie, zur Fabrik zu kommen. Sie wurde gerade von den Arbeitern besetzt. „Tut uns leid. Wir haben gerade einen wichtigen Einsatz. Wir können erst in einer halben Stunde da sein", sagte die Stimme am anderen Ende. „Sie kommen jetzt sofort!", brüllte Albert ins Telefon. „Ich will sofort Ihren Vorgesetzten sprechen!" Es knackte in der Leitung und die Person hatte aufgelegt. „So eine Frechheit!"

Tatsächlich kam die Polizei erst eine halbe Stunde später. Albert stand immer noch vor dem Fabriktor. Inzwischen hatte Melanie ihn angerufen und ihm die Leviten gelesen: „Wie kommst du dazu, Roboter zu kaufen und Leute zu entlassen, ohne es mit mir abzusprechen. Die Fabrik gehört immer noch mir. Sie ist das Erbe meines Vaters und meines Großvaters! Ich entziehe dir mit sofortiger Wirkung die Vollmacht für alles!" Albert erstarrte. Das war doch nicht seine Melanie, die froh war, dass er alles mit der Fabrik regelte, damit sie ihr freies Leben genießen konnte. Was war da nur los?

Während Albert darüber nachdachte, klopfte es an die Scheibe. „Steigen Sie mal bitte aus!" Die Polizistin sprach mit Albert wie mit einem Alkoholsüchtigen, der volltrunken auf einer Autofahrt erwischt wurde. Albert konnte diesen Befehlston gar nicht leiden. „Sie wissen wohl nicht, wen Sie hier vor sich haben!", polterte er los. „Ich bin Albert von Schnickschnack und mir gehört der Laden hier!" „Nun, das stimmt nicht so ganz", antwortete die Polizistin ruhig. „Der Laden gehört Ihrer Frau und ich habe hier ein Schreiben, das Sie sofort von allen Pflichten und Vollmachten entbindet. Machen Sie das Tor frei!" „Das muss ein Missverständnis sein", antwortete Albert. Doch als er das Schreiben sah, wurde er blass. Wortlos stieg er ins Auto und fuhr davon.

Wenig später hielt Melanies Auto vor dem Tor der Fabrik. Sie stieg aus und sprach zu den Mitarbeitern: „Es tut mir leid, dass es so gekommen ist. Wir werden uns nächstes Jahr zusammen mit dem Betriebsrat an einen Tisch setzen und schauen, wie wir für alle die beste Lösung finden."

Die Belegschaft hatte schweigend zugehört. Diese Ungewissheit machte viele unruhig. Aber natürlich machten sie den Weg für Melanie frei, so dass sie in Alberts Büro gehen konnte, um sich einen Überblick zu verschaffen. Mit hängenden Köpfen gingen die Arbeiter zurück in die Fabrik, um sich wieder den Schrauben, Nägeln und Dübeln zu widmen.

8

Albert war nach Hause gefahren. Er hoffte sehr, dass er Melanie dort nicht traf. Sie war die Letzte, die er jetzt treffen wollte. Es hätte alles so schön sein können. Warum fing sie bloß damit an, sich jetzt doch um die Firma zu kümmern? Ob sie gemerkt hatte, dass er ihre Unterschriften gefälscht hatte, damit er seine Ideen und Veränderungen durchdrücken konnte? Es konnte nur so sein. Aber er wollte sie schließlich auch nicht immer mit irgendwelchen Fragen wegen der Fabrik belasten. Letztendlich war sie die letzten Jahre froh darüber gewesen, dass sie nicht so viel arbeiten musste. Was war nur los? Albert wunderte sich wirklich.

Er schloss auf und betrat das Haus. Niemand außer ihm war dort. Marc hatte er noch nicht angerufen, dass er seine Stelle wiederbekommen würde, und die anderen Angestellten hatten frei. Na ja, bald war es Abend und Melanie würde sicher kommen und etwas kochen. Das machte sie immer, wenn die Köchin frei hatte. Sie tat es auch gerne, denn Kochen war eines von Melanies Lieblingshobbys.

Albert versuchte sie auf dem Smartphone zu erreichen und auch unter der Büronummer meldete sich niemand. Eigentlich hätten auch die Kinder schon längst zu Hause sein sollen, aber sie waren auch noch nicht aufgetaucht.

Albert dachte noch mal über die Ereignisse des Tages nach, als das Telefon klingelte. Er ließ den Anrufbeantworter anspringen: „Guten Tag: Hier ist Jacqueline, die Weihnachtsfrau. Bitte bringen Sie die Geschenke für Ihre Familie bis morgen Vormittag bei uns in der Agentur vorbei. Außerdem muss ich auch noch einiges mit Ihnen abklären. Sie erreichen mich unter folgender Nummer… „Mist!" Die Weihnachtsfrau hatte er auch vergessen. Die Geschenke lagen jetzt in der Fabrik und da wollte und durfte er sich nicht blicken lassen. Was sollte er nur tun?

Er nahm das Telefon und wählte noch mal die Nummer von Melanie. Keine Antwort. „The person you have called is not available.", sagte eine synthetische Stimme. Er legte auf. Mittlerweile fing es an, dämmerig zu werden. Albert beschloss, sich in die Bibliothek zu setzen und ein Buch zu lesen.

Er war lange nicht mehr in der Bibliothek gewesen. Es musste sogar sehr lange her sein. Der Raum mit den holzgetäfelten Wänden, mit den meterhohen Bücherregalen, war vollgestopft mit den Büchern von mindestens drei Generationen. Irgendwie war ihm in diesem Raum immer ein wenig mulmig zumute, so als würde der Raum ein Geheimnis bergen, eine dunkle Energie, die er nicht erfassen konnte. Vielleicht war es auch nur Einbildung, weil das Holz so dunkel war und die Bücher in den Regalen so groß und schwer erschienen. Es waren viele Bücher dabei, die in Leder gebunden waren. Albert hatte sich nie für diese Bücher interessiert. Er vermutete, dass es in den meisten

Büchern um die Geschichte der Schraubenfabrik oder sogar um die Geschichte von Hellenfeld ging.

Gerade, als er ein Buch aus dem Regal nehmen wollte, erschien es ihm, als würde die Regalwand nachgeben. Beinahe wäre er deswegen hingefallen. „Huch, was war das?" Albert war richtig erschrocken. Aber klar, die Villa war alt und barg sicher so manches Geheimnis. Albert lehnte sich gegen das Regal, um zu sehen, ob er es sich eingebildet hatte, dass es nachgab. Nein, er hatte es sich nicht eingebildet.

Ein leises Surren ertönte und das Regal gab ein schwarzes Loch dahinter frei. Albert sah gerade noch ein paar Treppenstufen, dann verlor er das Gleichgewicht und stolperte diese hinunter. Er war ein wenig benommen, aber zum Glück war nichts weiter passiert. Gerade, als er wieder nach oben gehen wollte, hörte er ein leises Surren. Die Tür zum Geheimgang schloss sich. Dann rastete das Regal ein. Er war in der Dunkelheit gefangen.

9

Melanie klingelte an der Tür des Einfamilienhauses, wo Harald Schönau wohnte und auch seine Coaching-Praxis hatte. Harald öffnete ihr die Tür: „Herzlich willkommen, Frau von Schnickschnack. Kommen Sie, wir gehen gleich nach oben in meine Praxis." Melanie hörte seine Stimme und das Kribbeln in ihrem Bauch setzte wieder ein. Sie hatte das Bedürfnis, einfach in seine Arme zu sinken, doch das durfte sie sich natürlich nicht anmerken lassen.

„Was führt Sie zu mir?" Harald schaute sie mit seinen stahlblauen Augen an. „Ich weiß einfach nicht mehr weiter, brach es aus Melanie heraus. Mein Mann entlässt Mitarbeiter in der Fabrik, ohne mit mir zu sprechen. Er huldigt nur noch den materiellen Dingen, er ist unbeherrscht und hat unseren Butler wegen einer albernen Sache entlassen. Er ist nicht mehr der Mann, den ich geheiratet habe." „Ach, ja, Sie sind ja die Frau von Schnickschnack. Ihnen gehört die

Schraubenfabrik", stellte Harald Schönau fest. „Ja, ich habe sie von meinem Vater geerbt. Sie gehört schon seit Jahrzehnten meiner Familie. 1901 wurde sie von meinem Urgroßvater gegründet.", erklärte Melanie.

„Haben Sie die Übung mit dem Herzen gemacht?" Harald sah kurz auf die Uhr und unterbrach Melanies Erzählungen. Ja, und ich weiß jetzt, dass mir die Firma schon noch am Herzen liegt, aber manchmal habe ich das Gefühl, da gibt es noch mehr, was ich machen möchte. Ich weiß nur nicht genau, was. Ich weiß eher, was ich nicht mehr will und das ist mein Mann."

Melanie spürte wieder dieses Kribbeln im Bauch. In diesem Moment wünschte sie sich nichts sehnlicher, als dass es ihr ergehen würde, wie in einem dieser Fernsehfilme, die Sonntagabend manchmal gesendet wurden. Da würde Harald Schönau sie jetzt einfach in den Arm nehmen und sie küssen. Er würde sie auf seinen Schoß ziehen und sie würde sich an ihn lehnen. Dann würde er sanft ihre Brüste massieren. Nein, nein,

nein. Sie musste aufhören, sich so etwas auszumalen. Schließlich war sie verheiratet und wusste noch nicht einmal, ob Harald nicht auch schon längst vergeben war.

Doch was dann geschah, war außer Kontrolle. Sie konnte sich einfach nicht beherrschen und zog Harald zu sich heran. „Am liebsten würde ich Sie jetzt küssen.", sagte sie ganz in Gedanken, so vertieft war sie in ihren Traum mit Harald. In dem Moment wo sie das gesagt hatte, war sie wieder in der Gegenwart und erschrak. Auch Harald wunderte sich. Für einen Moment hatte es ihm die Sprache verschlagen. Er wusste nicht, was er sagen sollte. So etwas hatte er noch nicht erlebt, obwohl er schon viele Jahre als Coach arbeitete.

Melanie war jetzt wieder völlig in der Gegenwart und versuchte, sich zu entschuldigen. „Oh, ich weiß auch nicht, was in mich gefahren ist", stammelte sie.

Inzwischen hatte Harald seine Sprache wiedergefunden und sagte: „Sie haben Sehnsucht nach Liebe. Obwohl Sie eine Familie haben, fühlen Sie sich einsam, und Sie sind auch nicht erfüllt. Ich spüre die Leere in Ihrem Herzen, doch ich kann sie nicht füllen."

Harald fand Melanie zwar attraktiv, hatte aber nicht das Gefühl, dass er sie liebte. Er kannte sie ja schließlich auch kaum. Außerdem gab es da noch ein weiteres klitzekleines Problem: Seine Frau wäre sicher gar nicht erfreut darüber, wenn er eine Klientin küssen würde.

„Ich bin verheiratet", sagte er. Melanie spürte, dass ihr die Hitze ins Gesicht stieg. Sie hatte das Gefühl ihre Wangen würden noch röter werden, als sie eben schon waren. „Oh, ich, ich, ich, ich, weiß auch nicht, was das sollte." Was war da bloß in sie gefahren? Schnell wollte sie ihre Tasche greifen und den Raum verlassen.

„Einen Moment noch", sagte Harald Schönau. Er ging zum Regal und holte eine Meditations-CD. „Meditieren Sie jeden Tag einmal mit dieser CD. Dann finden Sie Ihre

Antworten im Herzen. Dann finden Sie heraus, was Ihr Herz wirklich will."

Melanie entriss ihm die CD, hauchte ein Dankeschön, nahm schnell ihre Tasche und rannte aus dem Raum. Sie war immer noch wie paralysiert.

Harald saß noch für eine Weile bewegungslos auf seinem Stuhl in seinem Coaching-Raum. Dann ging er in die Küche, holte sich einen Apfel, eine Orange, eine Mango und eine Banane und machte sich einen Smoothie. Smoothies beruhigten ihn immer. Während er den Smoothie trank, ging ihm die Situation mit Melanie von Schnickschnack immer noch durch den Kopf. Er fand das unglaublich. Ja, sie war schon eine starke Frau. Doch er wusste, er liebte seine Frau und würde sie niemals verlassen.

10

Lars hatte Lena in der Mittagspause in die Schulbibliothek gezerrt. „Komm, lass uns schauen, ob wir das Buch finden, was Frau Bauer hatte. Ich will so gerne wissen, wie die Geschichte weitergeht." Lena war nicht so neugierig. Sie wusste, dass sie es schon früh genug erfahren würde, wie die Geschichte zu Ende ging. Sie hatte auch große Lust, eine eigene Geschichte zu schreiben. Deshalb wollte sie gar nicht erfahren, wie die Geschichte ausging.

„Du, Lars. Ich schau mal, ob ich ein Buch für die Ferien finde", sagte Lena. Und wenn du das alte Buch tatsächlich findest, dann erzähle mir bitte die Geschichte nicht."

Lars ging zu den Regalen, wo die Bücher über die Stadtgeschichte von Hellenfeld standen. Hier konnte man alles, von der Gründung bis in die Gegenwart, finden. Außerdem gab es auch noch ein Regal mit Büchern, in denen Geschichten und Legenden erzählt wurden, die die Stadt und ihre Bürger betrafen. Gerade, als er ein Buch aus dem Regal holen wollte, klingelte es zur nächsten Stunde. Schnell schaute er in das Buch hinein. Doch es war nicht das Buch, das Frau Bauer in der Hand gehabt hatte. Es war ein Buch, in dem lediglich aufgezählt war, wer alles im 18. Jahrhundert in Hellenfeld gelebt hatte und wann diese Menschen gestorben waren.

In diesem Moment kam Frau Bauer zur Tür herein und gab der Bibliothekarin das Buch zurück, aus dem sie am Morgen die Geschichte vorgelesen hatte. „Mist", sagte Lars leise. „Jetzt ist es unmöglich, an das Buch heranzukommen." „Lars, was machst du denn hier?" Frau Bauer hatte ihn entdeckt. Jetzt komm aber bitte, die Stunde beginnt gleich.

Lena hatte sich inzwischen in einen Roman vertieft, in dem Kinder einen Geheimgang entdeckt hatten und eingesperrt waren. Sie hatten Angst, dass sie nicht mehr da rauskamen. Sie nahm das Buch und ging damit zur Bibliothekarin. Das wollte sie sich für die Ferien ausleihen, denn schließlich wollte sie wissen, ob die Kinder es schaffen würden, sich zu befreien.

Frau Bauer wartete auf Lars. Dann sah sie, dass Lena auch noch in der Bibliothek war. „Jetzt aber schnell!", rief sie. Wir gehen am besten zusammen zum Klassenzimmer. Und nein, Lars, ich verrate dir nicht, wie die Geschichte weitergeht." Frau Bauer schien genau zu wissen, warum Lars in der Pause in der Bibliothek war. „Schade", antwortete er nur.

11

Es war Abend geworden. Um 17:00 Uhr war es bereits stockfinster. Melanie war in der Stadt umhergeirrt. Sie hatte sich einen neuen Cashmere-Pullover gekauft, eine Abendgarderobe für Silvester und eine neue Handtasche aus feinstem Rindleder, die obendrein noch mit Brillanten verziert war. Jetzt saß sie in einer Ecke in einem Café und setzte ihre Sonnenbrille auf, in der Hoffnung, dass niemand von den Menschen aus Hellenfeld sie erkannte. Manchmal wünschte sie sich, dass sie nicht so prominent war. Es konnte so anstrengend sein. Ganz besonders jetzt, wo ihre Schraubenfabrik wieder in den Schlagzeilen war, weil ihr Mann einfach Leute entlassen hatte. Und das kurz vor Weihnachten!

Tatsächlich beobachtete sie, dass zwei Frauen miteinander tuschelten und mit dem Finger auf sie zeigten. Melanie senkte den Kopf und schaute auf die Speisekarte. Nur nicht hinschauen, dachte sie.

Sie fand es seltsam, dass sie immer noch diese innere Leere spürte. Dabei hatte sie sich gerade die schönsten Dinge gekauft, Dinge, die für manche Menschen unerreichbar waren, Dinge, die sie sich wahrscheinlich nie leisten konnten. Doch ihrem Herzen hatten diese Dinge nicht geholfen. Sie fühlte sich einsam, einsamer, als sie sich jemals zuvor gefühlt hatte. Nach diesem Coaching-Termin war es noch schlimmer geworden. Sie versuchte das Gefühl der Liebe, was sie für Harald Schönau empfand, zu verdrängen. Einfach nicht mehr daran denken, einfach unterdrücken. Es durfte nicht sein. Basta! Schließlich hatte sie für Albert einmal das Gleiche empfunden, wie jetzt für Harald. Das galt es wiederzuerwecken. „Ich werde mit Albert sprechen, wir sollten etwas für unsere Partnerschaft tun, für unsere Liebe, damit sie wieder erblüht", murmelte sie vor sich hin.

Sie blickte nach draußen. Die Geschäfte auf der gegenüberliegenden Straßenseite hatten schon längst geschlossen. In den verschiedenen Schaufenstern standen künstliche Weihnachtsbäume mit bunten Lichtern. Die Straßen waren ebenfalls mit leuchtenden Weihnachtssternen geschmückt. Doch Melanie konnte die Lichter nicht genießen. Sie verstärkten die innere Leere eher noch. Dabei hatte sie alles, was man sich nur wünschen konnte. Sie hatte zwei wundervolle Kinder, an Geld mangelte es ihr nicht und auch ihr Mann war bisher immer liebevoll gewesen.

Sie schaute auf die Uhr und bekam einen Schreck. Es war schon 19.00 Uhr. Hoffentlich hatte Albert die Kinder von der Schule abgeholt. Melanie bezahlte, nahm ihre vielen Einkaufstüten und ihre Handtasche und verließ das Café.

Im Gehen hörte sie gerade noch, wie die beiden Frauen, die kurz zuvor mit dem Finger auf sie gezeigt hatten, riefen: „Na, hoffentlich fällt die mal so richtig auf die Schnauze!" „Mein Mann wurde gefeuert und wir müssen jetzt von Hartz IV leben! Ist doch eine Frechheit. 25 Jahre war er in der Schraubenfabrik angestellt und jetzt das."

Melanie spürte, wie die Tränen in ihren Augen hochstiegen. Sie schluckte kräftig, um die Traurigkeit hinunterzuschlucken. Bloß keine Schwäche zeigen. Dann machte sie, dass sie zum Parkhaus kam.

12

Als Melanie zur Villa kam, warteten Lars und Lena schon. Sie standen vor der Haustür und froren. „Na endlich kommt mal jemand. Wir warten ja schon seit Stunden. Erst mussten wir von der Schule nach Hause laufen und dann war keiner da." „Wieso hat Papa euch nicht von der Schule abgeholt?" Melanie war verwundert. Tatsächlich brannte kein Licht im Haus. Er schien nicht da zu sein. Ob er vergessen hatte, die Kinder abzuholen?

Melanie schloss die Tür auf und rief: „Albert! „Albert!" Es kam keine Antwort. Sie ging zum Telefon in der Diele und wählte Alberts Mobilnummer. Doch es meldete sich nur die Mobilbox. „Er wird wahrscheinlich sauer darüber sein, dass ich ihn mit sofortiger Wirkung aus der Firma rausgeschmissen habe!" Melanie fiel ein, dass das ja am Vormittag passiert war, weil Albert einfach die Leute entlassen hatte, ohne mit ihr zu sprechen. „Aber warum denn?" Lena fragte erstaunt. „Du kannst doch nicht Papa kündigen." „Doch, ich kann, weil er Dinge hinter meinem Rücken gemacht hat, mit denen ich nicht einverstanden bin. Und die Fabrik gehört immer noch mir", antwortete Melanie.

Die Köchin war bereits vor zwei Stunden gegangen und hatte das fertige Essen zum Warmmachen in Töpfen auf den Herd gestellt. Die Kinder waren hungrig. Melanie aß kaum etwas. Zu sehr beschäftigten sie die Ereignisse des Tages. Albert tauchte auch zum Abendessen nicht auf. Melanie wunderte sich. Hatte sie den Bogen vielleicht doch etwas überspannt, indem sie ihn gleich aus der Firma rausgeworfen hatte? Schließlich hätte sie ja erst einmal mit ihm reden können.

Sie schickte die Kinder gleich nach dem Abendessen auf ihre Zimmer. Zum Glück mussten sie keine Hausaufgaben machen, denn am nächsten Tag war schulfrei. Die Weihnachtsferien hatten begonnen.

Melanie beschloss, sich einen gemütlichen Abend zu machen. Sie ging in ihr Büro und holte ihr Tagebuch und einen Kugelschreiber. Seit ihrer Kindheit schrieb sie regelmäßig Tagebuch. Das hatte ihr schon so oft geholfen, wenn Chaos in ihrem Leben herrschte.

Im Wohnzimmer glimmte das Feuer im Kamin noch vor sich hin. Melanie nahm zwei Holzscheite und legte sie hinein. Dann goss sie sich ein Glas Rotwein ein und begann zu schreiben.

Plötzlich fiel ihr die Meditations-CD ein, die Harald ihr gegeben hatte. Sie legte sie in den Player. Eine angenehme, sanfte Entspannungsmusik mit Streichern und Querflöten ertönte. Eine sonore, tiefe Männerstimme sprach Affirmationen. Melanie schloss die Augen und ließ sich von der Musik und der sanften Stimme forttragen.

Als sie wieder zu sich kam, war es schon spät geworden. Alles war still im Haus. Wahrscheinlich schliefen die Kinder schon längst. „Oh, ich muss eingeschlafen sein.", sagte sie zu sich selbst. Sie schaute auf ihre Armbanduhr. Es war schon Mitternacht.

Mitternacht und von Albert immer noch keine Spur. Noch einmal ging sie zum Telefon und wählte seine Mobilnummer. Wieder meldete sich nur die Mailbox.

Jetzt fing sie an, sich Vorwürfe zu machen. Was war da nur in mich gefahren, dachte sie. Was, wenn ihm etwas passiert war? Vielleicht hatte er einen Unfall gehabt, lag jetzt im Krankenhaus und man hatte sie nicht benachrichtigt, weil sie den ganzen Tag ihr Smartphone ausgeschaltet hatte. Doch als sie es jetzt aus der Tasche nahm, sah sie, dass kein einziger Anruf eingegangen war. „Merkwürdig", murmelte sie vor sich hin und gähnte.

Bevor sie ins Bett ging, schaute sie noch mal nach den Kindern. Beide schliefen tief und fest in ihren Zimmern. Lars allerdings war im Sitzen eingeschlafen. Der Kopf lag auf der Computertastatur seines alten Rechners. Vorsichtig weckte sie ihn. Lars murmelte verschlafen: „Ich muss das Buch fin-

den, so eins, wie Frau Bauer hatte." Ich will wissen, wie die Geschichte zu Ende geht."
„Ja, mein Schatz. Morgen schauen wir, ob wir das Buch in der Buchhandlung finden."
„Nein, nicht in der Buchhandlung. Es war ein ganz altes Buch. Das gibt es bestimmt nicht in der Buchhandlung und im Internet habe ich auch nichts darüber gefunden."
Lars fielen immer wieder die Augen zu, während er sprach. „Komm, ich helfe dir schnell beim Ausziehen, dann kannst du im Bett weiterschlafen", sagte Melanie zu ihm.

Kaum lag Lars im Bett, da war er auch schon wieder eingeschlafen. Melanie ging auf Zehenspitzen aus dem Zimmer. Wie glücklich sie doch war, dass sie so wundervolle Kinder hatte. Zum ersten Mal an diesem Tag spürte sie so etwas wie ein Glücksgefühl. Dann ging auch sie ins Schlafzimmer und löschte das Licht.

Es war ungewohnt für sie, dass das Bett neben ihr leer war. Irgendwas stimmte da nicht. Auf der anderen Seite war Albert ein erwachsener Mann. Sie wollte ihm nicht hinterherspionieren. Würde er bis zum nächsten Tag nicht auftauchen, würde sie ihn suchen lassen. Mit diesem Gedanken schlief sie ein.

13

Albert erwachte. Um ihn herum war es finster. „Wo bin ich bloß?", stammelte er vor sich hin. Er spürte, wie sein Herz raste und er schnappte unentwegt nach Luft. Ihm wurde ganz heiß, weil es so stickig war. Dann fiel es ihm wieder ein. Er war in einen Geheimgang in der Bibliothek hineingestolpert. Sein Hals war trocken. Er hatte schon mehrere Stunden lang nichts getrunken. Auch sein Magen knurrte. Ich habe Hunger, krächzte er.

Die Luft war staubig und trocken. Vorsichtig tastete er, ob es dort unten Wände gab. Gerade lehnte er sich an eine Wand, als wieder ein Surren ertönte und ein weiterer Raum frei wurde. Sofort musste er Husten. Hier hatte sich der Staub der letzten Jahrzehnte angesammelt. Wer weiß, wann überhaupt jemand zuletzt hier unten gewesen war.

Diesmal war Albert schlauer. Bevor er in den Raum ging, nahm er einen Hausschuh und stellte ihn in den Spalt, wo die Wand zur Seite gegangen war. Nicht, dass er noch in einem weiteren Raum gefangen war. Dann tastete er sich weiter. Es schien, als wäre dort ein Tisch und als er jetzt noch mal fühlte, fühlte er ein dickes, in Leder gebundenen Buch. „Wenn ich doch wenigstens mein Smartphone dabei hätte, murmelte er vor sich hin. Dann könnte ich jetzt in diesem Buch lesen. Im Smartphone hatte er natürlich eine Taschenlampen-App. Aber, wer nimmt denn schon sein Smartphone mit in die eigene Bibliothek? Auf diese Idee war er natürlich auch nicht gekommen.

Plötzlich spürte er, wie ihm schwindelig wurde. Und eh er etwas unternehmen konnte, wurde er ohnmächtig. Er fiel so, dass seine Beine ein wenig aus dem Türspalt herausragten und auf dem Hausschuh lagen. Das verhinderte, dass diese Wand sich von selbst schloss.

Dann begann Albert zu träumen. Er war an einem Ort, der so schön war, wie es ihn auf dieser Erde wohl nicht gab. Alles war mit einem hellen Licht erleuchtet. In dem Raum schimmerten die Wände so, als wären sie aus purem Gold, verziert mit Edelsteinen, in einem wunderschönen Türkisblau. Die Böden sahen aus, als wären sie aus dem reinsten Marmor, den man jemals finden konnte. Von der Decke herab floss ein sanftes, helles Licht.

Plötzlich stand ein Engel vor ihm. Er trug ein weites, weißes Gewand, das wie Perlmutt schimmerte. Die langen blonden Haare fielen sanft auf das Kleid herab. Alles schien in dieser Welt vollkommen zu sein. Albert fühlte sich geliebt und getragen. „Hier könnte ich bleiben", sagte er zu sich selbst.

„Du stehst an einem Scheideweg." Der Engel sprach mit einer hellen Frauenstimme, aber sehr bestimmt. Du kannst dich jetzt dafür entscheiden, dein Leben zu verändern oder weiterzumachen wie bisher, indem du einfach materielle Reichtümer anhäufst, Menschen verletzt, Menschen wie

Sklaven behandelst und deine Liebe rein nur durch Materielles ausdrückst."

Dann öffnete sich ein elfenbeinfarbener Vorhang und gab eine Leinwand frei. „So wird dein Leben in ein paar Jahren aussehen, wenn du so weitermachst wie bisher", sagte der Engel.

Albert sah einen alten, einsamen Mann im Bett liegen. Es war ein einfaches Haus. Keine Spur von der Villa, in der er zurzeit lebte. Er hatte große Schmerzen. Eine Nonne kümmerte sich um ihn, um ihm die letzten Tage in seinem Leben etwas einfacher zu machen. Sonst war da niemand. Um sein Herz herum sah er ein Feld aus dunkelrotem Licht. Der Engel sprach: „Das rote Licht zeigt, dass dir dein Herz wehtut. Du fühlst dich einsam und wünscht dir, dass du viele Dinge nicht so getan hättest, wie du sie in deinem Leben gemacht hast. Du wünschst dir, dass du Entscheidungen rückgängig machen könntest. Aber zu diesem Zeitpunkt in deinem Leben geht das nicht mehr.

Albert gefiel ganz und gar nicht, was er da auf der Leinwand sah. War er wirklich so schlimm? Und wollte er wirklich so weitermachen wie bisher? Doch was musste er eigentlich ändern? Schließlich war er ein Leben gewohnt, wo es nicht an Materiellem mangelte. Das war natürlich nicht immer so gewesen. Sein Vater war auch nicht von Anfang an reich gewesen. Er hatte hart dafür gearbeitet, um sich und seiner Familie ein schönes Leben zu machen.

Jetzt erinnerte Albert sich daran, dass sein Vater ihm als Kind folgende Lebensweisheiten mit auf den Weg gegeben hatte: „Folge deinem Herzen. Höre auf deine Intuition. Denke so oft du kannst positiv. Sei dankbar für die Geschenke in deinem Leben und begegne anderen Menschen und auch dir selbst mit Wertschätzung und Achtsamkeit."

„Wie konnte ich das nur vergessen", murmelte Albert vor sich hin. „Dein Urururgroßvater war der Wohltäter von Hellenfeld", sagte der Engel zu Albert. Auch er stand einmal am Scheideweg in seinem Leben. Er hatte viel Reichtum erworben. Doch er begann, die Menschen auszunutzen. Wenn sie nicht taten, was er wollte, dann ließ er sie verprügeln oder monatelang einsperren.

Doch eines Tages geschah etwas, das sein Leben veränderte", erzählte der Engel. Albert hörte gespannt zu. „Sein einziger Sohn war in den nahegelegenen Fluss gefallen. Man barg ihn gerade noch, kurz bevor er fast gestorben wäre. Doch er war daraufhin tagelang bewusstlos. Man wollte ihn schon aufgeben und bereitete schon alles für ein Begräbnis vor, denn sein Atem wurde von Tag zu Tag schwächer.

Die ganze Familie weinte und manche bösen Zungen behaupteten, dass es eine Strafe Gottes war, dass er den Sohn jetzt unter so tragischen Umständen verlieren würde. Doch dann geschah ein Wunder. Der Junge öffnete plötzlich seine Augen und war gesund. Dann erzählte er deinem Urururgroßvater, was er erlebt hatte, während er wie in einen tiefen Schlaf versunken schien.

Er war genau in diesem Weisheitstempel gewesen, in dem du jetzt bist. Die Sätze, die dir dein Vater weitergegeben hat, waren die Weisheiten, die der Junge von seiner inneren Reise mitgebracht hatte: „„Folge deinem Herzen. Höre auf deine Intuition. Denke so oft du kannst positiv. Sei dankbar für die Geschenke in deinem Leben und begegne anderen Menschen und auch dir selbst mit Wertschätzung und Achtsamkeit."

Er hatte versprochen, dass er das allen Menschen, die er kannte, erzählen würde. Und als er erwachsen wurde, richtete er sein ganzes Leben danach aus. Dein Urururgroßvater aber wurde zu einer Legende in Hellenfeld.

Er veränderte sein Leben total. Eine große Dankbarkeit erfüllte ihn, dass sein Sohn wieder wohlauf war und noch weiterleben durfte. Von dem Zeitpunkt an unterstützte er die Armen. Er spendete regelmäßig große Summen an ein Waisenhaus. Er schuf neue Arbeitsplätze in seiner Fabrik, damit die Menschen die Möglichkeit bekamen, Geld zu verdienen, die jahrelang arbeitslos gewesen waren. Und er lud die Bewohner von Hellenfeld einmal im Jahr zu einer großen Weihnachtsfeier ein. Und diejenigen, von denen er wusste, dass sie sich keine Weihnachtsgeschenke leisten konnten, bekamen von ihm einen Sack voller Geschenke. Und er tat noch viel mehr, um den Menschen in der Stadt zu helfen. Wann immer es irgendwo etwas gab, was er mit seinem Geld unterstützen konnte, so tat er es. Er hatte trotzdem immer wieder genug Geld für sich selbst und für seine Familie.

Sein Sohn wurde ein prächtiger, junger Mann. Er schrieb die Lebensweisheiten auf, die er als Junge im Weisheitstempel bekommen hatte.

Seine Aufgabe war es nämlich, die Lebensweisheiten, die er bei seiner Reise zum Weisheitstempel bekommen hatte, auch an die nächsten Generationen weiterzugeben. Das ist das Buch, das du gefunden hast. Das

Buch hat dich hierhergebracht." Albert hatte staunend zugehört. Jetzt wusste er, was er tun würde. Er würde einen Verein gründen, der den Menschen half, glücklich zu werden, ihren Traum zu leben und auch finanzielle Fülle zu erleben. Falls er wieder in der Fabrik arbeiten durfte, würde er die Löhne anheben. Er würde die Roboter verkaufen und den Menschen helfen, dass sie sich fortbilden und Karriere machen konnten. So wie bisher, wollte er jedenfalls nicht mehr weitermachen. Bis jetzt hatte er sich nämlich immer auf Kosten anderer bereichert und dafür gesorgt, dass sie in der Firma ganz unten blieben, damit ihm nur ja niemand etwas wegnahm.

Der Engel konnte seine Gedanken lesen und nickte freudig. „Du lernst schnell", sagte er. Dann legte er einen Finger auf die Stirn von Albert und sagte: „Wenn du aufwachst, wirst du dich an alles erinnern."

Bevor Albert sich noch fragen konnte, warum das Buch ausgerechnet in dieser Villa gelandet war, die ja Melanies Vorfahren gehörte, wachte er wieder in seinem dunklen Verlies auf. Das dicke, geheimnisvolle Buch lag neben ihm.

„Hilfe!", rief er, es war jedoch mehr ein Krächzen, da sein Hals ganz trocken war. „Hört mich denn niemand!"

14

Lars wurde mitten in der Nacht wach. Sofort fiel ihm wieder das Buch ein, was Frau Bauer in der Hand gehalten hatte. „Von diesen Büchern muss es doch noch mehr Exemplare geben", fragte er sich. Ob ich mal in der Bibliothek schaue? Vielleicht haben wir dort ein solches Buch.

Er wusste zwar, dass seine Eltern ihm verboten hatten, in die Bibliothek zu gehen. „Da ist irgendwas Unheimliches", sagte seine Mutter immer. „Vielleicht sind es nur die alten Bücher, aber ich spüre, dass dieser Raum anders ist. Er hat eine seltsame Energie." Und da die Villa schon ziemlich alt war, hatte Lars sich immer wieder ausgemalt, was da wohl sein könnte. Vielleicht gab es ja sprechende Bücher, die nachts lebendig wurden? Oder es gab einen Geheimgang, der zu einer Schatzkiste führte? Lars hatte sich schon die tollsten Sachen ausgemalt. Jetzt nahm er all seinen Mut zusammen und stieg aus dem Bett. Es war kühl im Zimmer und er fröstelte ein bisschen. Also zog er sich eine Strickjacke über seinen Schlafanzug. Dann nahm er seine Taschenlampe und schlich sich in die Bibliothek.

Er machte lieber nicht den großen Deckenleuchter an. Womöglich sah das noch jemand auf der Straße und rief dann die Polizei, weil mitten in der Nacht das Licht in der Bibliothek brannte. Die Tür knarrte ein wenig beim Öffnen. Doch im oberen Stockwerk blieb alles still. Es schien niemand gehört zu haben.

Die dunkle Bibliothek mit ihren hohen Regalen erschien ihm nun doch unheimlich. Es war so, als würden die schweren Bücher ihn anstarren und gleich aus dem Regal fallen oder als würde sich eines von ihnen öffnen und plötzlich zu sprechen anfangen.

Gerade, als er auf eine Leiter steigen wollte, die am Bücherregal lehnte, höre er es: Eine leise Männerstimme rief: „Hilfe, hört mich denn niemand!" Vor lauter Schreck fiel ihm die Taschenlampe aus der

Hand und es wurde finster. Ganz finster. Lars versuchte sich zur Tür zu tasten und rief: Mama, Mama!" Wahrscheinlich hatte tatsächlich eines der Bücher gesprochen und würde ihn gleich auffressen, ihn wie einen Sog hineinziehen und dann war er plötzlich nicht mehr hier in der Villa, sondern Teil der Geschichte in dem Buch, fuhr es ihm durch den Kopf. „Mama!" Jetzt schrie er noch lauter.

Da hörte er, dass im obersten Stockwerk eine Tür geöffnet wurde. „Lars, was ist denn? Wo bist du denn?", ertönte eine verschlafene Stimme. „In der Bibliothek." „Aber, da sollst du doch nicht reingehen!" Melanie kam zur Tür herein und schaltete die Deckenbeleuchtung an. Sofort wirkte alles weniger unheimlich. „Da war eine Stimme, die hat was gerufen." Lars war ganz aufgeregt. „Psst, sei mal still." Melanie lauschte, doch es war nichts zu hören. Es sah auch alles aus wie immer. „Du hast sicher schlecht geträumt", sagte Melanie zu Lars. „Komm, wir gehen ins Bett und ich schließe die Tür ab. Dann kann keines der Monster aus den Büchern zu dir ins Zimmer kommen." Melanie nahm Lars an die Hand. Gerade, als sie das Licht in der Bibliothek löschen wollte, hörte sie es auch: Eine leise Männerstimme rief: „Hilfe! Hört mich denn keiner!"

„Hast du es gehört?", fragte Lars. "Ja, das ist echt seltsam, da ist doch niemand. Es schien so, als würde es aus der Wand kommen."

Plötzlich fiel ihr ein, dass ihr Vater immer gesagt hatte, dass es einen Geheimgang in der Bibliothek geben musste. Was, wenn jemand vom Personal zufällig darauf gestoßen war und dann dort eingesperrt wurde, aus was für einem Grund auch immer? Vielleicht war es auch ein Einbrecher, der sich Zugang zur Villa verschaffen wollte. „Ich rufe die Polizei", sagte Melanie zu Lars. „Geh du ins Bett."

Lars konnte jedoch nicht schlafen. Sobald er hörte, dass die Polizei kam, schlich er die Treppe hinunter und versteckte sich hinter einer Säule in der Diele. Es waren zwei Männer und eine Frau. Sie hatten zwei Suchhunde dabei, mit denen sie in die Bibliothek gingen. Dort war inzwischen alles wieder still. Keine Stimme rief irgendetwas. „Sind Sie sich sicher, dass da wirklich jemand etwas gerufen hat oder haben Sie sich das vielleicht nur eingebildet?" Der Polizist, der das fragte, hatte schon so viel erlebt. Da wurde er zu einem Einsatz gerufen und es war alles in Ordnung. Irgendjemand hatte sich eingebildet, einen Einbrecher zu hören, doch da war absolut nichts. Hier schien es genauso zu sein.

Auch die Hunde schienen nichts wahrzunehmen. „Kommt, Leute. Wir verschwenden unsere Zeit. Da ist nichts. Wahrscheinlich ein Fehlalarm." Der Einsatzleiter wandte sich zum Gehen.

Gerade, als alle zur Tür hinausgehen wollten, setzte sich einer der beiden Hunde, ein brauner Labrador namens Jerry, vor ein Bücherregal und winselte. Er hob die Pfote und zeigte auf das Regal. „Du, ich glaube, Jerry hat etwas erschnüffelt.", sagte die junge Polizistin mit den kurzen dunklen Haaren. „Ja, es sieht ganz so aus." Der Einsatzleiter drehte sich um und ging zu dem Regal. Sollte die Legende doch wahr sein, dass es in dieser Villa einen Geheimgang gab? Als Kind hatte er mal davon gehört, es aber immer für eine Erfindung gehalten. Doch als er jetzt an dem Regal herumdrückte, ertönte plötzlich ein Surren und gab ein dunkles Loch frei. „Leuchten bitte!", rief er der jungen Polizistin zu.

Beide gingen die Stufen hinab, die im Licht der Taschenlampe sichtbar wurden. Dann kamen sie wieder hoch. „Ein Bewusstloser liegt dort unten. Ruft bitte einen RTW!", sagte der Einsatzleiter. „Sofort griff der dritte Polizist nach seinem Smartphone und telefonierte. Eine Viertelstunde später war das Martinshorn des Krankenwagens zu hören.

Melanie war blass geworden, als sie den Geheimgang sah. Sie hatte doch immer geahnt, dass in dieser Bibliothek etwas unheimlich war. Wie gut, dass Lars und Lena diesen Geheimgang nicht entdeckt hatten. Sie wollte sich gar nicht ausmalen, was dann passiert wäre. Allerdings konnte sie sich auch nicht erklären, wer jetzt da unten lag.

Schnell öffnete sie den Sanitätern die Haustür und zeigte ihnen den Weg zur Bibliothek. Als diese den Bewusstlosen auf einer Trage nach oben trugen, musste sie aufpassen, dass sie nicht selbst in Ohnmacht fiel. Es war Albert.

„Wir bringen ihn jetzt in die Klinik am Birkenweg", sagte einer der Sanitäter. Wir müssen ihn durchchecken. Vielleicht hat er irgendwelche inneren Verletzungen. Außerdem braucht er dringend Flüssigkeit.

„Papa!" Lars war hinter der Säule hervorgekrochen und rannte zu seinem Papa hin, der bleich auf der Trage lag und aussah, als würde er schlafen. „Es wird alles gut, sagte Melanie zu ihm, obwohl ihr selbst fast die Tränen in die Augen stiegen.

Sie wäre mit ins Krankenhaus gefahren, aber sie wollte die Kinder auch nicht alleine lassen. Also blieb sie in der Villa. Erst jetzt merkte sie, dass ihre Hände zitterten.

Die junge Polizistin mit den dunklen kurzen Haaren, hatte den Geheimgang wieder verschlossen, nachdem sie mit ihrem Einsatzleiter zusammen gecheckt hatte, dass nicht noch jemand da unten gefangen war. Sie hatte auch das Buch mit nach oben gebracht, das neben Albert gelegen hatte und auf den Schreibtisch gelegt.

Lars hatte es gesehen und rannte sofort hin. Es sah nämlich genau so aus, wie das, was Frau Bauer im Unterricht gehabt hatte. Er wollte immer noch wissen, wie die Geschichte weiterging, die sie erzählt hatte.

Doch Melanie zog ihn von dem Buch weg. Sie achtete persönlich darauf, dass Lars wieder ins Bett stieg. Zur Sicherheit schloss sie die Bibliothek ab und nahm den Schlüssel mit ins Schlafzimmer.

Es dauerte noch eine Weile, bis Ruhe in die Villa eingekehrt war. Melanie wollte gerade einschlafen, als ihr einfiel, dass sie der

Weihnachtsfrau immer noch nicht die Geschenke vorbei gebracht hatte.

Sie nahm sich vor, es gleich am Morgen des nächsten Tages zu machen. Das war ja auch schon ein Tag vor Heiligabend.

15

An Heiligabend vormittags konnte Albert aus dem Krankenhaus entlassen werden. Melanie und die Kinder hatten ihn gleich am 23. Dezember morgens besucht. Er war wieder voll da und alles war in Ordnung mit ihm. Melanie war so dankbar, dass sie ihn ganz fest umarmte.

„Wir müssen reden", sagte Albert zu ihr. „Ja, das finde ich auch", antwortete Melanie.

„Ich will einiges verändern", sagte Albert. „Die Roboter werden verkauft, die Gehälter der Leute sollten angehoben werden. Wir sollten ihnen mehr Verantwortung geben und die Möglichkeit, sich weiterzubilden. Eigentlich wollte ich mir eine teure Uhr zu Weihnachten schenken, doch jetzt werde ich diese versteigern. Und das Geld, was ich bei der Versteigerung einnehme, das ist der Grundstock für einen Verein, der benachteiligten Menschen hilft, Arbeit zu finden, gesund zu sein und ein glückliches Leben zu führen." Melanie war sprachlos. Das war doch nicht ihr Albert. Der Albert, der sich selbst am liebsten die größten Geschenke machte. Aber der Mann, der im Krankenhaus in dem Bett lag, sah aus wie Albert. Er war es nur nicht. Jedenfalls nicht der Albert, mit dem sie schon 23 Jahre verheiratet war.

„Albert, was haben sie da unten in dem geheimen Raum mit dir gemacht?" Melanie lächelte, als sie das fragte. So wie er jetzt war, gefiel ihr Albert ihr nämlich viel besser. Doch irgendwas musste vorgefallen sein, als Albert da unten in dem Geheimgang gefangen war.

„Da werden sich die Arbeiter und alle anderen in der Fabrik aber freuen. Noch heute Abend werde ich eine E-Mail schreiben, dass alle wieder eingestellt sind, die noch weitermachen wollen. Außerdem werde ich dafür sorgen, dass sie ein extra Gehalt bekommen, wenn sie weitermachen. Und wir werden uns nach Weihnachten persönlich entschuldigen.", sagte Melanie. „Ja, mir tut es wirklich leid, wie ich in den letzten Wochen war", sagte Albert zu ihr. „Aber jetzt beginnt eine neue Ära. Ich werde mich ändern. Ach, so: Marc werden wir natürlich auch wieder einstellen. Ich habe schon mit ihm telefoniert und mich persönlich entschuldigt."

Dann begann er zu erzählen. „Tja, also, das war so…" Er erzählte, wie er in den Geheimgang hineingestolpert war und dass er das Buch gefunden hatte und einen Traum gehabt hatte, der so real für ihn gewesen war, als wäre alles hier auf der Erde in seinem Büro geschehen. Nur, dass der Ort, an dem er gewesen war, noch viel schöner und heller war, als alles, was er jemals gesehen hatte. Lars und Lena waren selbstverständlich auch mitgekommen, um ihren Papa zu besuchen.

Als Lars Alberts Geschichte hörte, war er ganz gespannt. Er hörte mit offenem Mund zu und konnte gar nicht glauben, was sein Vater für aufregende Dinge erlebt hatte. Das war eine gute Anregung für die Geschichte, die er als Hausaufgabe für die Schule schreiben wollte. Er zog ein kleines Heft aus der Tasche und begann, sich Notizen zu machen. Endlich hatte er eine Idee, wie seine Geschichte anfangen würde.

16

Und dann war der Heiligabend da. Endlich. Albert war aus dem Krankenhaus nach Hause gekommen. Das Personal hatte frei. Das Personal hatte an Heiligabend meistens frei. Manchmal ließ die Familie sich eine Weihnachtsgans zubereiten oder alle gingen im Restaurant des Fünf-Sterne-Hotels von Hellenfeld essen. Doch dieses Mal hatten sie sich alle dafür entschieden, zu Hause zu bleiben und wie viele Familien an Heiligabend ganz einfach Kartoffelsalat mit Würstchen zu essen. Den Kartoffelsalat hatte die Köchin nachmittags noch gemacht. Die Würstchen hatte Melanie gekocht.

Als sie alle so gemütlich um den Esstisch herumsaßen, bemerkte Melanie es: Sie war glücklich. Zum ersten Mal seit Wochen fühlte sie sich glücklich. Die Leere in ihrem Herzen war verschwunden. Sie hatte sogar Harald Schönau fast vergessen. So glücklich war sie darüber, dass die Familie wieder zusammen war und dass Albert nichts Schlimmes passiert war. Durch sein Verschwinden war ihr bewusst geworden, wie sehr sie ihn doch liebte, trotz all seiner Macken.

Nach dem Essen saßen sie im Wohnzimmer, wo der große Weihnachtsbaum stand. Da klingelte es. „Das ist bestimmt der Weihnachtsmann!" Lena rannte aufgeregt zur Tür. Sie war gespannt darauf, was er ihr dieses Jahr wohl bringen würde. „Ne, dieses Jahr haben wir eine Weihnachtsfrau", sagte Melanie zu ihr.

Albert ging schnell hinter Lena her und öffnete die Tür. Zur Überraschung trat ein Weihnachtsmann ins Wohnzimmer und keine Weihnachtsfrau. Er sprach zuerst zu den Kindern und es klang so, als würde er absichtlich tiefer sprechen, als er normal sprach. „Lars, du bist ein großartiger Junge. Du weißt, dass du immer große Geschenke von deinen Eltern bekommst. Aber ich habe für dich ein besonderes Geschenk." Er zog ein altes, in Leder gebundenes Buch aus seinem Sack. Lars sprang auf. Dieses Buch war sein größter Wunsch gewesen.

Alles andere trat in den Hintergrund. Er öffnete es sofort und begann zu lesen: „Vor vielen, vielen Jahren, als es noch sehr viele arme Menschen in Hellenfeld gab, und das Leben in Hellenfeld sehr schwer war, geschah etwas, das als *Wunder von Hellenfeld* in die Annalen der Stadtgeschichte einging.

Es war kurz vor Weihnachten und viele Familien wussten nicht einmal, wie sie sich etwas zu essen beschaffen sollten, als der geheimnisvolle Mann erschien…" Ja, das war das Buch, das Frau Bauer gehabt hatte. Jetzt konnte er die Geschichte fertiglesen. Aber er würde natürlich auch seine eigene Geschichte schreiben, so wie Frau Bauer es ihnen als Hausaufgabe gegeben hatte. Genug Ideen hatte er ja.

Lena war neugierig auf ihr Geschenk vom Weihnachtsmann. Sie bekam ein Tagebuch und einen goldfarbenen Stift. „Damit auch du deine eigenen Geschichten schreiben kannst", sagte der Weihnachtsmann. Sie freute sich über das Tagebuch. All ihre Freundinnen hatten eines, nur sie hatte bisher keines bekommen. Dann bat der Weihnachtsmann alle Familienmitglieder, ihm in die Bibliothek zu folgen. Dort lagen die großen Geschenke, die Albert und Melanie schon Wochen vorher für die Kinder gekauft hatten. „Deshalb war die Bibliothek tagelang abgeschlossen", mutmaßte Lars. Er hatte wiederholt versucht, da reinzukommen, um das alte Buch zu suchen, doch die Tür war immer verschlossen. Und er hatte gedacht, dass es wegen des Geheimgangs war.

Während die Kinder sich in der Bibliothek über die Geschenke hermachten, sprach Albert mit dem Weihnachtsmann: „Und Sie haben alles so gemacht, wie ich es Ihnen gesagt habe?" „Ja", antwortete er. „Ich habe der Weihnachtsfrau abgesagt und habe mich herzlich bei ihr für ihre Bereitschaft bedankt. Dann habe ich ihr als Entschädigung den Umschlag mit den 500 Euro gegeben, den Sie mir gegeben hatten."
Lena schrie gerade vor Begeisterung, als sie das größte Paket auspackte und „Pretty in

New York" darin entdeckte. Sie wollte am liebsten gleich alles aufbauen, damit sie am nächsten Tag damit spielen konnte.

„Marc, bist du es?" Melanie war aus der Bibliothek in die Diele gekommen und hörte, wie Albert mit dem Weihnachtsmann sprach. „Warum habe ich dich gar nicht erkannt?", fragte sie erstaunt. „Herzlich willkommen zurück!", sagte sie freudig.

Buchempfehlung

Elli Joy: *Ein Weihnachtshund kommt selten allein.* Erschienen 2015 bei BoD.

In Noras Leben geht fast alles schief, was nur schiefgehen kann. Ihr Mann ist mit einer anderen Frau in die USA abgehauen, und sie ist plötzlich alleinerziehend. Ihre kleine Bäckerei steht kurz vor der Insolvenz, weil eine neu eröffnete Großbäckerei ihr die Kunden wegschnappt. Als sie auch noch in der Show „Weihnachtsbäckerei mit Herz" kurz vor dem Finale ausscheidet, hat sie das Gefühl, alles hat sich gegen sie verschworen. Doch dann geschieht etwas, womit sie überhaupt nicht gerechnet hat.

Mehr: www.ellijoy.com